# RÉFLEXIONS

SUR

# LES RÉFLEXIONS

DE

# M. DE CHATEAUBRIAND.

*Pour éviter toute contrefaçon, chaque exemplaire portera la signature du Libraire-Éditeur.*

Imprimerie de MAUGERET, Faub. St.-Martin.

# RÉFLEXIONS

SUR

# LES RÉFLEXIONS

DE

# M. DE CHATEAUBRIAND.



*Qui judicat, judicabitur.*

SECONDE ÉDITION.

PARIS,

CHEZ DELAUNAY, LIBRAIRE,

Palais-Royal, Galerie de Bois;

Et chez tous les Marchands de Nouveautés.

1815.

# AVERTISSEMENT.

PLUS la réputation d'un homme est grande et justement établie, plus les erreurs d'un tel homme peuvent avoir de fâcheuses conséquences, lorsqu'il traite surtout de matières graves et intéressant toute une nation; parce qu'on se dispense assez ordinairement d'examiner le travail de ceux auxquels on accorde aveuglément sa confiance : et certes, il est peu de personnes qui aient un droit aussi exclusif à cette confiance, que M. de Châteaubriand, qui a donné de si belles preuves d'un talent distingué et d'un véritable amour pour le bien. Je dois donc, avant tout, déclarer que j'ai, pour l'auteur du Génie du Christianisme, la plus profonde vénération; que je lui rends la justice de croire que l'écrit qu'il vient de publier a été fait dans de bonnes intentions; que je n'ai point celle de le critiquer, mais seulement de relever quelques erreurs qui m'ont paru d'un intérêt majeur, et qui lui seront échappées, sans doute, dans la précipitation. Je ne vise point à l'effet en écrivant ces remarques sur un ouvrage, d'ailleurs très-sagement conçu; puisque je demeure sous le voile de l'anonyme, et que je ne veux point blâmer totalement ce qui a reçu l'approbation du meilleur et du plus éclairé des Rois; mais je m'estimerais infiniment heureux si ce bon père, toujours occupé du bonheur de ses enfans, trouvait judicieuses et dictées par l'amour de l'ordre, les lignes que je vais tracer; ce serait une bien douce récompense : heureux si je pouvais l'obtenir !

---

# RÉFLEXIONS

SUR

# LES RÉFLEXIONS

DE

# M. DE CHATEAUBRIAND.

---

## PREMIÈRE RÉFLEXION.

*Des motifs qui ont provoqué la publication de cette brochure.*

---

J'AI cru devoir d'abord rendre compte des motifs qui m'ont déterminé à écrire ces observations, et faire connaître mon dessein, afin d'éviter le reproche qu'on aurait pu me faire, sans cela, de n'avoir eu d'autre but que de me singulariser, en me déclarant en opposition avec un ouvrage qui a déjà obtenu, en grande partie, le suffrage du public. Effacer ce que cet ouvrage, qui est cependant très-conciliatoire, conserve encore d'hyperbolique; donner des raisons et non des mots; démontrer que quelquefois malgré elles, et pour ainsi dire, à l'insu de leur volonté, les personnes les plus modérées sont entraînées vers le passé; prouver que cela est arrivé à M. de Chateaubriand lui-même; démontrer la nécessité d'un *oubli total*, comme le Roi, qui avait tant et de si justes sujets de récriminations, en a donné le premier l'exemple; tâcher de convaincre les Français, quelqu'opinion qu'ils aient pu avoir autrefois; de quelqu'espèce qu'ait été la fièvre dont ils furent saisis dans ces instans de délire révolutionnaire dont nous avons été si miraculeusement délivrés, qu'il n'y aura de vrai bonheur pour eux que lorsqu'ils auront perdu entièrement le souvenir du passé, qu'ils se rallieront autour du trône, et que leurs nouveaux rapports dateront de ce grand jour du *Jubilé politique*; tel est le but que je me suis proposé.

On pourra, je le sais, me faire le reproche que je fais moi-même aux autres de parler du passé, et me dire, avec une apparence de raison : « Mais, pourquoi vous occupez-vous encore du passé, vous qui desirez tant qu'on l'oublie? » Je répondrai à ce raisonnement spécieux au premier aspect, en disant : « Je mets le dernier appareil sur la blessure pour la cicatriser. » On pourra ajouter : « Vous réveillez les choses que vous voulez assoupir, et vous perpétuez ainsi la mésintelligence et les contestations? » Je dirai à ceux-ci que mon ouvrage n'étant que le complément, le remplissage d'un autre ouvrage qui a produit beaucoup de bien dans l'opinion publique, je l'ai cru nécessaire pour l'explication de tout ce qui avait été omis sur cette matière, ou mal interprêté; qu'enfin, on n'a jamais pu, ni en politique, ni en morale, empêcher les fâcheux effets de l'enthousiasme et de l'exagération ; puis, comme je n'ai point écrit pour les enthousiastes et les exagérateurs, je me consolerai facilement de ne les avoir pas convertis ; parce qu'on sait bien qu'il n'y a pas de plus sourds que ceux qui ne veulent pas entendre.

---

## DEUXIÈME RÉFLEXION.

*Que l'auteur n'a point rempli le titre de son livre.*

---

Il y a peut-être beaucoup de témérité, lorsqu'un ouvrage a eu autant de succès que celui de M. de Chateaubriand, de venir le censurer. C'est s'exposer soi-même à une violente critique; mais la première chose qui m'a frappé, à l'ouverture de ce livre, c'est l'incohérence du titre qu'il porte, avec les détails qu'il renferme. On s'attend volontiers à trouver, non pas une analyse complette de toutes les brochures qui ont paru depuis la restauration (1), ce serait trop

(1) On en compte près de 3,000.

exiger, mais, au moins, une revue succincte de ceux de ces ouvrages qui ont fait quelque sensation; pas du tout, l'auteur s'est borné, en s'y appesantissant même beaucoup trop, à l'examen de deux ou trois ouvrages seulement, et ce ne sont pas les plus connus. Peut-être a-t-il pensé que c'étaient ceux qu'il importait davantage de réfuter; cela peut être.

---

## TROISIÈME RÉFLEXION.

*De la nécessité de tout pardonner.*

MAIS le moyen de goûter jamais cette paix si desirée, ce repos moral dont nous avons tant besoin, si nous perpétuons le souvenir d'un malheur qui laissera, à jamais, d'éternels regrets! M. de Chateaubriand a tort *de craindre que la postérité ne porte de nous un tout autre jugement* (que celui de l'esprit de vengeance), *qu'elle ne prenne cette admirable facilité de tout pardonner pour une légéreté criminelle; qu'elle ne regarde comme une méprisable insouciance du vice et de la vertu, ce qui n'est qu'impossibilité absolue de récriminer et de haïr.* Pourquoi aller plus loin que le Roi, qui a pardonné à tous ? *Mais le monde, comme le Roi, n'a pas donné sa parole ; il pourra rompre le silence.* Le monde aura tort. Et d'ailleurs, qu'est-ce qu'une vengeance exercée par tout le monde ? Depuis quand est-ce que *tout le monde* a le droit de tirer vengeance d'une offense, quand celui qui l'a supportée ne demande aucune satisfaction ? N'est-ce pas ouvrir la porte à tous les abus que d'autoriser, ou même d'indiquer ce mode de réparation ?

Pour un homme qui a porté la démence jusqu'à vouloir excuser le plus affreux des crimes, le régicide, tous ceux qui sont dans le même cas ne déplorent-ils pas leur malheur ; et l'opinion, qui les a depuis longtems condamnés, ne doit-elle pas être, pour eux, le plus cruel des supplices.

Ces malheureux ne tiennent-ils pas d'ailleurs à des familles qui n'ont point partagé leur déplorable égarement ? Pourquoi porter le désespoir dans le cœur du coupable, et verser sur toute sa race la coupe de la malédiction ? Ah ! de grâce, bannissons à jamais des pages dans lesquelles nous serons forcés de parler encore de ces désastreuses époques, où quelques hommes en délire se sont souillés du sang de leur Roi, bannissons l'aigreur et l'exaspération.

« *Mais si des fortunes immenses ont été* » *faites ; si, après avoir égorgé l'agneau,* » *on a caressé le tigre ; si Brutus a reçu* » *des pensions de César, etc.* »

Tout cela ne nous regarde point. Je le répéterai sans cesse ; quand celui qui devait se venger, pardonne, c'est presqu'un crime d'agir autrement que lui. Laissons-le faire ce qu'il jugera convenable, et des fortunes immenses qui ont été illicitement acquises, et de ceux qui ont reçu les pensions de César ; puis, demeurons bien convaincus que tous ses jugemens se composent de justice et de bonté.

## QUATRIÈME RÉFLEXION.

*Qu'on ne peut pas comparer l'assassinat de Louis XVI à celui de Charles Ier.*

---

Tout le monde sait qu'aucun des prétendus juges qui ont condamné notre saint Roi, n'avait qualité pour cette funeste mission ; que ceux même qui n'ont émis que des votes conditionnels et évasifs, dans l'intention de le sauver, sont coupables quoiqu'à un moindre degré ; parce qu'un sujet ne pouvant, dans aucun cas, juger son Roi, ils devaient se déclarer incompétens. Si Louis XVI eut été appelé en jugement (toujours dans la supposition qu'un Roi puisse être jugé par ses sujets) dans toute autre circonstance ; si une poignée de scélérats, se disant les interprêtes des sentimens de la Nation, n'eussent pas voulu ouvertement sa mort, ce malheur ne serait point arrivé.

Tout cela est très-vrai; mais, comme l'a très-bien dit M. Dussault, en donnant l'analyse de la brochure de M. de Chateaubriand, *durant l'époque des passions, on renverse et l'on n'édifie pas, ou bien l'on n'édifie que pour renverser.* (1)

Il y aura toujours de l'imperfection dans le parallèle de l'assassinat de Louis XVI, avec celui du monarque anglais. On pouvait faire à Charles 1er. quelques reproches fondés, qui ne justifiaient point le régicide, mais qui pouvaient, jusqu'à un certain point, calmer un peu la conscience de ses juges fanatisés. Il avait le regret d'avoir laissé sacrifier plusieurs de ses amis, entre autres, l'illustre et vertueux Staffort; tandis qu'il n'y avait pas le plus léger grief à

---

(1) Voyez le journal des Débats, du vendredi 2 Décembre 1814.

imputer à notre Roi, si doux, si bon et si généralement aimé.

Il faudrait soulever un voile bien épais, pour laisser appercevoir les véritables motifs qui ont décidé ce crime, préparé depuis bien longtemps, et pour lequel beaucoup de ceux qui y ont coopéré, n'ont été que des machines, instrumens secondaires dont se servaient de vils scélérats, bien plus criminels qu'eux, agissant sourdement et portant leurs coups dans l'ombre.

En Angleterre, l'armée, soudoyée par Cromwel, demandait hautement la mort du Roi, et le peuple demeurait muet. En France, il en fut tout autrement ; les régicides suivirent un autre système : pendant que l'armée se couvrait de gloire, et reculait les limites du royaume, on faisait à l'intérieur demander par le peuple, qu'on en égorgeât le chef.

Chez les Anglais, des querelles de religion, fomentées et entretenues à dessein, achevèrent d'éloigner tout moyen de conciliation ; chez nous, il n'existait rien de semblable : on persécutait les prêtres, comme on persécutait tout le monde. La constitution civile du clergé n'était ni le seul, ni le principal sujet des contestations. Si l'on sacrifia des prêtres les 2 et 3 septembre, on massacra aussi en même temps bien d'autres individus, sans choix et sans discernement.

Il y avait en Angleterre une armée agissant pour le Roi, et commandée par lui. En France, nous n'avons rien vu de pareil; car on ne peut pas comparer à la guerre d'Ecosse, les efforts des Vendéens, qui ne furent jamais autorisés par notre bon Roi, avare, jusqu'au jour de sa mort, d'une seule goutte du sang français.

Charles pouvait éviter la mort par la fuite, Louis XVI ne pouvait point en faire de même : se reposant sur leur innocence, ils trouvèrent leur perte dans leur trop grande confiance; l'un, en se livrant à un parlement dégradé, et l'autre en allant le 10 août, 1792, se jetter dans le sein de ses propres bourreaux. (1)

---

(1) Je sais bien que cette épithète ne convient pas

Afin de commettre plus facilement l'assassinat du Roi, les communes d'Angleterre déclarèrent, comme notre Convention Nationale, que le peuple est l'origine de toute autorité juste et légale. Par ce renversement de principes, on lâcha la bride à toutes les passions; et dès-lors elles ne reconnurent plus de frein.

En Angleterre, on mit beaucoup de précipitation à faire le procès du Roi; en France, au contraire, il s'est écoulé près de six mois depuis l'époque de l'emprisonnement du Roi au Temple, jusqu'à celle de sa mort. Ici, c'est un renversement complet dans l'esprit et le caractère des deux nations, dont l'une est très-légère et très-prompte, tandis que l'autre est froide et grave. Mais comme c'est moins le caractère

---

à tous les membres de l'Assemblée Législative; et que, quoique les honnêtes gens qui étaient sous le fer des bourreaux, ne pussent pas se montrer, les noms de Bergasse, Palissot, Giroux (de la Manche), Laurence et tous les signataires, feront toujours une belle exception.

national qui a produit ces deux horribles catastrophes, que des menées particulières, il faut en expliquer la cause d'une autre manière.

Des Français généreux offrirent leur vie pour sauver leur roi. En Angleterre on vénère encore la mémoire de Richmont, de Hertfort, de Southampton, et de Lindesey, qui représentèrent aux communes, qu'en qualité de conseillers du roi, ils étaient seuls coupables des mesures qu'on lui imputait comme des crimes, et demandèrent à subir la peine qu'on voulait lui imposer.

La France, la Hollande, l'Ecosse, s'étaient efforcées d'arrêter cette horrible procédure; tandis que la France, pendant le procès de Louis XVI, a été abandonnée à elle-même.

Si chez nous un brasseur de bierre (1) étouffa la voix de Louis XVI, au moment

---

(1) Santerre, commandant de la garde nationale de Paris.

où il allait périr; si un cordonnier (1) martyrisa Louis XVII dans son cachot obscur, l'Angleterre a vu aussi un charretier (2) élevé à la dignité de colonel pour assiéger la chambre des communes, et le fils d'un boucher (3) traîner son roi devant ses bourreaux, et s'asseoir même parmi ses juges.

L'un et l'autre Monarques sont morts devant le palais de leurs ancêtrés; ils ont laissé tous deux des instructions touchantes à leurs enfans. Notre Saint Roi les a consignées dans son testament, et Charles Ier. dans la lettre qu'il écrivit, la veille de sa mort, au prince de Galles, son fils.

Charles II, en remontant sur le trône de son père, a pardonné, mais en se réservant la recherche des juges régicides. Louis XVIII

---

(1) Simon.

(2) Le colonel Pride. Par une singularité remarquable, le mot Pride, en anglais, signifie *orgueil*.

(3) Harrison.

a pardonné, et il a pardonné sans restriction.

Que doit-on conclure de tout ceci ? Qu'il y a des points de contact dans toutes les révolutions humaines, comme il y a aussi de notables différences. Si la fin de Louis XVI ressemble à celle de Charles, c'est que la vertu est par-tout la même, toujours conséquente à ses principes ; tandis que les vices et les passions, qui ne raisonnent jamais, ont constamment l'inégalité pour leur caractère fondamental. J'ai sans cesse présenté cette réflexion bien juste d'un historien anglais, relative à l'assassinat de Charles I^er^. : il vécut, dit-il, dans un tems où l'esprit des lois était en opposition avec le génie des peuples, *he lived at a time when the spirit of the law was in opposition to the genius of the people.*

Je n'ai point voulu, à Dieu ne plaise ! excuser les régicides par tout ce que je viens de dire ; je ne demande point le pardon de ceux qui, par une dérision qui ajoute à la gravité de leur crime, portent l'indécence jusqu'à faire servir les saintes écritures de texte à leurs sacrilèges apologies. Je n'entends point, non plus, justifier ceux qui, *de confiance*, ont signé des listes de proscription et de mort; mais j'ai cru qu'on ne saurait trop s'empresser de jetter un voile sur ces déplorables époques, et sur ceux qui ont eu le malheur d'y figurer. Si, depuis 22 ans, les coupables n'ont point été déchirés de douleur et de regrets, il n'en faut jamais rien espérer: on doit laisser le mépris public et la vengeance céleste faire justice de ces cœurs endurcis. Si, au contraire, ils déplorent leur crime, et si, par un sincère repentir, ils cherchent à appaiser la colère du ciel; pourquoi serions-nous plus difficiles que Dieu qui pardonne, et que le roi qui oublie?

Je le répéterai en terminant ce chapitre, dans lequel j'ai blâmé M. de Chateaubriand, d'avoir trop généralisé ses idées, en appliquant à tous ce qui ne convient qu'à quelques individus, justement exécrés; jamais nous ne goûterons la paix, tant que nous perpétuerons, par des reproches, ces qualifications de *royalistes*, de *républicains*, de *jacobins*, de *vendéens*, etc. Les dénominations, que chaque parti prend pendant les révolutions, sont bonnes, nécessaires même, puisqu'il faut trancher alors pour se reconnaître, et que ce n'est qu'en *s'individualisant* qu'on peut y parvenir; mais aujourd'hui que nous ne devons plus faire qu'une grande famille, tout cela est au moins inutile. Il ne doit y avoir en France que des patriotes (dans la véritable acception du mot), et des admirateurs du Roi.

---

## CINQUIÈME RÉFLEXION.

*L'émigration a-t-elle été salutaire ou nuisible ?*

Je pense qu'il n'y a rien, absolument rien à répondre à ceux qui disent *que ce sont les émigrés qui ont tué le Roi*, *que ce sont eux qui nous apportent des fers*, *etc.*; parce qu'il y a certaines absurdités, qu'on ne doit pas prendre la peine de relever : mais une question d'une autre importance, c'est celle de savoir si les émigrés, en restant en France, n'auraient pas été infiniment plus utiles au Roi qui y était lui-même retenu, qu'en abandonnant leurs foyers pour aller dans une terre étrangère ?

Je ne partage pas, sous ce rapport, l'opinion de M. de Chateaubriand ; car, en supposant que l'armée des émigrés, obtenant un plein succès, fût entrée en France, n'était-il pas à craindre que le Roi ne fût la première victime de leur victoire? et que les antropophages qui l'entouraient, ne l'eussent sacrifié beaucoup plutôt, comme ils l'en menacèrent quand l'armée prussienne s'avança jusqu'à Verdun? Dans quelle hypothèse se seraient alors trouvés les émigrés, si, au moment d'achever l'œuvre, n'ayant plus qu'un pas à faire, le Roi, pressé par ses bourreaux, leur eût dit de se retirer.

Demeurant en France, au contraire, les émigrés auraient pu opérer une réaction salutaire, et, par des mesures sagement combinées, ramener l'esprit public. On brûlait leurs châteaux? On en a brûlé, il est vrai, quelques-uns; mais tous les émigrés n'avaient pas des châteaux, plusieurs n'avaient même aucune propriété; et un grand nombre, il faut le dire avec franchise, ne prévoyant pas l'orage qui allait éclater, quittèrent la France par partie de plaisir, comme on fait un voyage d'agrément. Cela est tellement vrai, qu'il y en eut qui partirent sans emporter les objets de première nécessité. Beaucoup d'entr'eux abandonnèrent leurs familles ; donc ils avaient d'autres motifs que la crainte d'être brûlés, d'être persécutés, puisqu'ils laissaient *dans leurs antiques manoirs*, leurs épouses et leurs enfans.

Le caractère national, bouillant et léger, se développa dans cette circonstance, comme il s'est développé dans tant d'autres. On ne partit pas avec plus d'empressement autrefois pour la Palestine, qu'on ne partait alors pour Coblentz. Ce fut moins l'honneur que la mode, qui appella dans ce moment une grande masse de Français sur les bords du Rhin.

Quant aux listes de proscription, elles ont existé, on n'en doute pas ; mais la mémoire de M. de Châteaubriand, qui était hors de France à cette époque, le sert mal : il fait un anachronisme quand il donne ces listes comme un motif de l'émigration. On commença à quitter la France en 1789 ; l'émigration continua en 1790 et 1791, et et il n'y a eu de listes de proscription qu'en 1792, 1793, etc. Que M. de Chateaubriand prenne la peine de vérifier la date de ces listes, et il s'assurera de la vérité de cette remarque.

L'auteur de la brochure donne une autre cause de l'émigration : l'*honneur*. Je n'entreprendrai point d'examiner s'il y avait plus d'honneur à s'enfuir, pour éviter la persécution, et venir combattre après coup, ou s'il n'eut pas été plus utile au Roi et en même temps plus honorable pour un gentilhomme français, de lui faire un rempart de son corps, comme firent les Gardes-du-Corps à Versailles, dans les journées des 5 et 6 octobre 1789, et les Suisses qui trouvèrent une mort glorieuse aux Tuileries, le 10 août 1792.

Les royalistes anglais, qui ne sortirent point de leur pays, dit M. de Chateaubriand, arrachèrent-ils leur maître à la mort? Je l'ai dit plus haut, la révolution anglaise ne ressemble en rien, sous le rapport du Roi, à la nôtre. C'est par de faux rapprochemens qu'on déduit de fausses conséquences. Clarendon et Fackland n'ont point immolé Charles Ier., pas plus que Lally-Tollendal et Sombreuil n'ont immolé Louis XVI, pour lequel ils se sont si généreusement dévoués ; mais leurs efforts, qui ont été insuffisans, auraient peut-être eu plus de succès, appuyés et soutenus par tous ces Français qui avaient, par leur fuite, laissé la patrie en proie aux brigands qui la gouvernaient.

---

## SIXIÈME RÉFLEXION.

*Qu'il est juste de secourir les émigrés.*

---

Que les émigrés aient bien ou mal fait, dans leurs intérêts et dans ceux du Roi, de quitter la France, les réflexions que je viens de faire à ce sujet, ne peuvent diminuer en rien l'intérêt qu'inspire la situation de la plûpart de ces infortunés, qui ont constaté, par vingt-six années de souffrances, leur attachement à leur légitime maître. Rien n'est plus juste que de les aider dans leur infortune ; la conduite du Roi, à leur égard, acquiert à ce bon père de nouveaux droits à notre amour et à notre reconnaissance. (1)

Quelque ridicule que se donnent certains émigrés par leurs prétentions et leur extrême amour-propre, on a tort de faire sur eux de mauvaises railleries, et de chercher à les humilier; parce qu'il ne convient jamais de passer du particulier au général. Il y a des émigrés fort ennuyeux, fort suffisans, beaucoup trop pleins d'eux-mêmes; mais il y en a beaucoup aussi qui ont ac-

---

(1) Si les Français devenaient assez patriotes pour trouver, comme les Anglais dont ils envient le sort, toujours bien ce que fait le Roi, nous serions trop heureux; et cela serait aussi facile que juste, puisque jusqu'à présent les deux corps qui représentent la nation, et qui sont chargés par elle de discuter les intérêts du peuple, n'ont eu qu'à applaudir à toutes les idées de ce sage monarque; et certes on ne peut pas dire maintenant que ces deux corps sont influencés comme sous Buonaparte; ils jouissent, au contraire, de toute la plénitude de leur liberté, dont ils n'ont fait, il est vrai, jusqu'ici qu'un bien noble usage.

quis, dans leur long pélérinage, de solides connaissances, et dont le commerce est on ne peut plus agréable.

On imagine bien que je n'entends parler ici que des *premiers émigrés ;* car je ne crois pas qu'il soit juste de traiter également ceux qui, il y a 15 ans, trouvèrent convenable de rentrer en France, pour y prendre des places ou y exercer une industrie. Ce ne sont point ceux-là *qui ont dormi, dans l'exil, la tête appuyée sur les fleurs de lys, effacées par le sang et les larmes.* Ce sont eux qui ont, en partie, formé la Cour de Buonaparte, qui se plaisait, comme on sait, à ravaler, par les emplois les plus humilians, autour de sa personne (1) les noms les plus illustres, digne récompense de ceux qui se prostituaient ainsi. Ne sont-ce pas eux encore qu'on a vus,

(1) Tout le monde se rappelle que Napoléon, qui obligeait ses chambellans à demeurer constamment dans son anti-chambre, les chargeait, comme des valets, des commissions les plus dégoûtantes.

couverts de boue, attelés à son char, lui servir d'ornement de triomphe, et ramper sous ses pieds ?

On est bien disposé à oublier le passé ; mais l'audace, portée jusqu'au point de se présenter sur la même ligne que les fidèles serviteurs du Roi, pour cueillir les mêmes lauriers ; cette audace, dis-je, réveillerait des souvenirs bien peu avantageux à ces imprudens caméléons. Il ne suffit pas de porter un beau nom, et d'avoir une grande fortune ; il faut encore ne pas déshonorer l'un, et ne pas abuser de l'autre, pour conserver l'estime des hommes.

---

# SEPTIÈME RÉFLEXION.

*Qu'il y a une autre classe aussi recommandable que les émigrés, par leurs souffrances et leur attachement au Roi.*

---

Je ne blâme point M. de Châteaubriand, émigré lui-même, d'avoir cherché à répandre sur les émigrés, tout l'intérêt qu'inspire ordinairement sa suave éloquence; mais pourquoi n'a-t-il pas dit un mot des prisonniers d'Etat; de ces malheureuses victimes qui ont gémi tant d'années dans les cachots, opprimées par la tyrannie? Pourquoi n'avoir pas réveillé l'attention du gouvernement sur ceux qui, après avoir fait de louables efforts pour le bien, ont payé, par la privation de leur liberté, ce généreux dévouement ? Est-ce qu'un père de famille qui a perdu son état, dont les biens ont été dilapidés pendant qu'il était renfermé à Vincennes, à Ham ou aux îles Sainte-Marguerite, n'est pas aussi recommandable que l'émigré qui a été ailleurs chercher le repos qu'il ne trouvait plus chez lui ? La qualité d'émigré était, on le sait, un état chez l'étranger qui exerçait, autant que possible, envers lui l'hospitalité ; tandis que le prisonnier, sans secours, sans appui, était en proie à la plus affreuse misère (1), et n'avait pas même la consola-

(1) Il n'était rien accordé aux prisonniers d'Etat, dans les châteaux forts, qu'un pain noir et mauvais avec des haricots ; ceux qui ne pouvaient point manger cette affreuse nourriture, et qui se trouvaient alors au secret sans communication avec l'extérieur, mouraient de faim. Je pourrais, parmi beaucoup d'autres, citer M. Berthaud-du-Coin, de Lyon, arrêté pour avoir secouru les cardinaux à Bourg en Bresse, qui a demeuré ainsi six mois au secret à la Force, et qui en sortit ( pour passer dans l'intérieur de la prison ) entièrement desséché, ressemblant à un spectre, et pouvant à peine se tenir ; tandis qu'il y avait depuis

tion de communiquer avec sa famille et ses amis. Ne sont-ils donc pas fort respectables les noms des Polignac, des Dastros, des Dunoyers, des Saint-Bonel, des Berthaud,

---

longtemps au greffe de cette prison, plusieurs mille francs dont la police s'emparait sous le prétexte *qu'un prisonnier qui avait trop d'argent, était dangereux et pouvait conspirer.* Les familles, qui comme celle de M. Berthaud, ne savaient point absolument ce qu'étaient devenus leurs parens, et qui, pour pouvoir les soulager, semaient de l'argent dans toutes les prisons, avaient encore le regret de faire d'inutiles sacrifices, et de se ruiner infructueusement, ou même de fournir, sans le savoir, des moyens de persécution de plus à leurs infortunés amis.

Buonaparte, frappé de cet abus, ordonna au mois de mars 1811, qu'il serait accordé à chaque prisonnier d'Etat, un secours de 4 francs par jour pour se nourrir. Ce secours fut réduit un peu plus tard, de moitié, à l'instigation de la police qui a fini par garder tout. On assure que le Roi va faire rendre aux prisonniers cette somme de 2 francs par jour, dont ils ont fait l'avance au gouvernement; rien ne paraît plus juste: car chez tous les peuples, même les plus barbares, on nourrit ceux auxquels on enlève la liberté, non point parce que l'un compense l'autre, mais parce qu'ils ne peuvent plus le faire eux-mêmes.

des Puyvert, des Boulogne, des Sambucy, et de tant d'autres qui ont su résister, pendant un grand nombre d'années, à la séduction des agens d'une police abominable? Ne sont-ils pas des martyrs ceux qui, après avoir affronté la mort dans d'autres genres de dangers, ont succombé à leurs trop longues souffrances, et sont venus périr dans les prisons, où ils ont été égorgés. Ah! j'en suis sûr, si M. de Châteaubriand eût été un instant prisonnier d'Etat, s'il avait pu apprécier surtout les angoisses de l'incertitude; ses malheureux compagnons auraient, comme les émigrés, trouvé une place dans sa brochure.

---

## HUITIÈME RÉFLEXION.

*Sur la conservation des places.*

L'AUTEUR me paraît s'être grandement trompé, en voulant expliquer, *à la lettre*, l'article de la proclamation du Roi, relative à la conservation des places. Ce qu'il dit, me semble prouver justement le contraire de ce qu'il veut dire; et c'est ce qui m'a décidé à écrire, sur la conservation ou la perte des places, ces réflexions qui, tout en justifiant le Roi, serviront de consolation à ceux qui ont eu le malheur d'être licenciés. (1)

(1) C'est peut-être un bonheur, pour l'avenir, que la diminution de la bureaucratie; cette vie douce

M. de Châteaubriand se demande, *que veut donc dire cette phrase : tout le monde conservera ses places*, et il répond : *elle veut dire, selon le sens commun, que tout homme, contre lequel il n'y aura pas de raisons invincibles soit du côté de la capacité, soit sous le rapport moral, restera dans le poste où le Roi l'aura trouvé, ou bien qu'il sera appelé à d'autres fonctions*... Sans supposer

---

et routinière étouffait l'émulation; beaucoup de sujets, qui se seraient distingués dans des professions utiles, s'abrutissaient, dans des bureaux, pour gagner 12 à 1500 francs. Tout le monde, pendant la révolution, avait cherché à s'attacher au gouvernement; il semblait même, vers les dernières années de celui qui vient de crouler, qu'on ne pouvait plus vivre qu'avec *une place*; et cela parce qu'il n'était effectivement plus possible d'exercer aucune industrie, et que nous étions tous, sans nous en appercevoir, sous la dépendance de celui qui avait dit : *encore* 10 *ans, et il n'y aura plus, en France, aucune fortune indépendante de la mienne*. Il ne se trompait que dans le terme de la prophétie; car si son règne eût duré quelque temps de plus, cela serait arrivé beaucoup plutôt qu'il ne l'avait prédit.

de l'injustice de la part du Roi, je crois que cette phrase : « *tout le monde conservera ses places*, etc., doit s'expliquer autrement, et je crois aussi qu'elle peut servir de réponse à ceux qui, exaspérés par leur licenciement, crient à l'injustice.

Le Roi n'a pas pu, soit dans l'armée, soit dans les administrations, conserver un plus grand nombre d'emplois que nos moyens actuels ne le permettent ; il a donc fallu *supprimer des places*. Cette réforme *des emplois* a dû nécessairement entraîner celle *des employés*. Voilà, je crois, bien clairement expliquée la théorie des licenciemens qui ont eu lieu, sans qu'on ait déplacé personne ; car, ( il faut bien noter ceci, pour me comprendre), aucun de ceux qui occupent actuellement les places n'ont été changés : ce sont toujours les mêmes individus, c'est le reliquat ; ce sont ceux qui, comme à la loterie, ont tiré le bon billet.

Cependant le territoire étant considérablement resserré, ne devait-on pas s'attendre qu'il y aurait de grandes réformes dans les dépenses ? Croit-on que, si Buonaparte eût fait la paix le 31 mars, il aurait agi, pour la diminution des emplois, autrement que le Roi ? Non, sans doute ; la différence eût été à leur désavantage. Ces suppressions, qu'on sait être funestes à beaucoup de familles, se font sagement et avec le plus de modération possible; tandis que dans l'autre cas, on les auroit faites, pour me servir du terme usité par le maître lui-même, *militairement* : et l'on se rappelle encore quelle épouvantable signification avait ce mot dans la bouche de ce grand homme. C'est donc sans nous en appercevoir, que nous nous plaignons de la trop grande bonté du Roi. En promettant la conservation des places, S. M. a promis qu'il n'y aurait pas de déplacemens, et l'on voit qu'il tient parole. Ceux qui occupent *des emplois conservés* sont, comme je l'ai dit plus haut, les mêmes qui remplissaient ces places sous l'ancien gouvernement. Le mot *conservation* n'entraîne pas l'idée de conservation à vie ;

mais simplement l'idée de conservation pure et simple, de la conservation temporaire. Dans l'acception administrative de ce mot, je dois être compris.

Que maintenant il y ait eu sur le choix des employés licenciés quelques abus d'autorité, quelques actes arbitraires de la part des chefs ; cela peut être, et c'est très-malheureux, parce qu'on aurait dû, pour bien remplir l'idée du Roi, n'avoir égard qu'aux talens et à la moralité ; mais faut-il, pour cela, que le Roi soit comptable de ces effets inévitables des cotteries et de la partialité ? Personne ne le pensera, pas même celui sur qui pèse la mesure, si la passion et l'intérêt personnel ne lui ôtent pas entièrement la faculté de juger.

---

## NEUVIÈME RÉFLEXION.

*Un mot sur la vente des biens nationaux, sur notre état politique actuel, et sur les avantages qui résulteront de l'observation de la charte constitutionnelle.*

---

On *ne s'habituera jamais*, dit M. de Châteaubriand, *à voir l'enfant mendier à la porte de l'héritage de ses pères.* Cela peut être ; mais cependant l'incertitude sur l'inaliénabilité des ventes des biens nationaux, est ce qui s'opposera le plus à la stabilité du gouvernement. Tant d'intérêts se réunissent pour desirer le maintien de ces ventes, qu'on ne pourra espérer de les concilier, qu'en donnant aux propriétaires actuels l'assurance d'une jouissance paisible. Nous sommes bien convaincus que c'est là le vœu du Roi, comme cela est celui de toutes les personnes sages; malgré qu'on sache bien que le séquestre de ces biens ait été originairement une des grandes infamies de la révolution.

M. le maréchal duc de Tarente a exprimé ainsi, dans le rapport qu'il a fait le 3 de ce mois, à la chambre des Pairs, l'opinion de la commission dont il était l'organe. (1)

« On s'est bercé du chimérique espoir » que des craintes, habilement jettées dans » les esprits, obtiendraient de nouveaux » déplacemens de propriétés, contre les» quels eût échoué toute la puissance du » gouvernement le plus fort, dont l'histoire » ait encore fait mention ».

« Eh quoi! Les spectateurs de sa chûte » rapide sont-ils encore assez stupéfaits de

---

(1) Voyez le Moniteur, du 7 Décembre 1814.

» cette catastrophe, pour n'avoir point
» médité sur ses causes? Ignorent-ils que
» ni les constitutions, ni les lois, ni les
» armées, ne défendent les gouvernemens
» contre la masse des intérêts sociaux?
» Ignorent-ils que lorsque ces intérêts sont
» dans un péril imminent, les gouverne-
» mens sont atteints les premiers?

« Rendons grâces au ciel de ce qu'enfin
» le précipice de l'ambition est comblé par
» cette sainte légitimité qui défend les
» marches du trône de l'approche des fac-
» tions.

« Mais les fondemens de ce grand édi-
» fice, relevés à la hâte, au milieu des
» ruines, ont encore besoin d'être conso-
» lidés par le ciment des intérêts et des
» affections ».

Grandes vérités qui ont été heureusement senties, et dont la mise en pratique nous délivrera de maux incalculables !

Habitués depuis 25 ans à toutes sortes de secousses, nous sommes étonnés du bonheur que nous goûtons. Ce silence politique nous semble extraordinaire, après tant d'orages. Régis par des lois sages et modérées, que l'on pratique sans s'en douter, nous trouvons dans ces lois la même indépendance que nous croyions avoir autrefois dans nos opinions. Si notre légèreté empêche qu'il y ait chez nous un esprit décidé d'opposition, tant mieux. Si nous n'avons pas assez de patriotisme, l'enthousiasme en tient lieu. Chez un peuple facile à enflammer, des accès périodiques d'enthousiasme, voilà le patriotisme. Mais, que nous reste-t-il à desirer, maintenant que nous avons un Roi juste et une constitution libérale, conforme à nos usages et à nos mœurs. Laissons les Anglais pour qui cela est nécessaire, avoir des patriotes et des opposans. S'ils devenaient Français un instant, cela disparaîtrait bien vîte avec le caractère national. Pourquoi voudrions-nous ressembler à une autre nation, nous que tout le monde admire ? Nous avons assez de sujets d'orgueil, contentons nous de jouir; occupons-nous de donner, au bon

4

Roi qui nous gouverne, des preuves de reconnaissance. Oublions jusqu'aux noms d'émigrés, de républicains, de constitutionnels, d'opposans, et rappelons-nous seulement que nous sommes Français, et tous frères. Faisons des voeux pour la France, réunissons nos desirs et nos pensées pour sa prospérité, et nous pourrons dire un jour, en goûtant les fruits de notre constance et de notre fidélité :

*Considerate quomodo crescunt Lilia.*

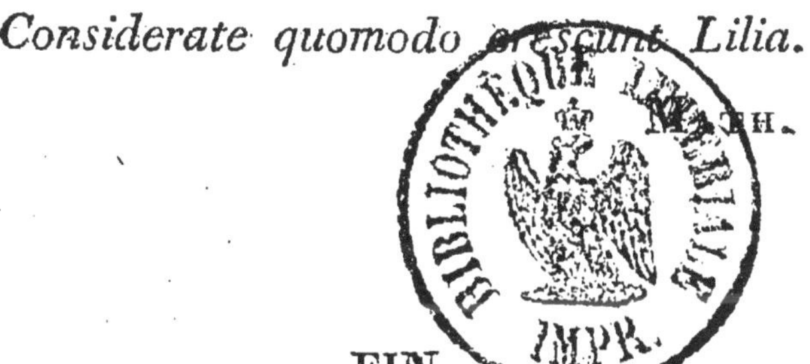


FIN.

www.ingramcontent.com/pod-product-compliance
Ingram Content Group UK Ltd.
Pitfield, Milton Keynes, MK11 3LW, UK
UKHW012300240726
13966UKWH00004B/1530

9 782013 19